Susana

Texto de
Marie-Ange Guillaume
Ilustraciones de
François Roca

USANA

Editorial Juventud

PARA SUZANNE, 1 AÑO Y 334 DÍAS

TÍTULO ORIGINAL: SUZANNE
AUTORES: MARIE-ANGE GUILLAUME Y FRANÇOIS ROCA
PUBLICADO ORIGINALMENTE EN FRANCIA
© ÉDITIONS DU SEUIL ET CRAPULE ! PRODUCTIONS, 2004

© EDITORIAL JUVENTUD, S. A. 2005
PROVENÇA, 101 - 08029 BARCELONA
INFO@EDITORIALJUVENTUD.ES
WWW.EDITORIALJUVENTUD.ES

TRADUCCIÓN CASTELLANA: ÉLODIE BOURGEOIS
PRIMERA EDICIÓN, 2005
DEPÓSITO LEGAL: B. 26.323-2005
ISBN 84-261-3471-8
NÚM. DE EDICIÓN DE E. J.: 10.585
IMPRESO EN ESPAÑA - PRINTED IN SPAIN
EGEDSA, C/ ROIS DE CORELLA, 12-16 - SABADELL

Hélice se rasca el trasero, va a buscar el calcetín y lo sacude bien fuerte para matarlo. «Deja de hacer el tonto —dice Susana—. Es muy importante, es un secreto de verdad.» El perro la escucha, con la cabeza inclinada. «Me voy sola en avión, lejos, muy lejos al fin del mundo.» Habla en susurros. Si sus padres la oyeran, la mandarían a casa de su vieja tía. La que hace coliflor. Hélice se sienta y dobla las orejas hacia atrás. Lo ha entendido. Susana se va.

Susana apila cuidadosamente su ropa de invierno, su ropa de verano, su ropa para la lluvia y una vieja foto de Hélice en la que apenas es más grande que una peonza. Hélice revuelve toda la maleta para esconder su erizo azul y lleno de babas. Así Susana se acordará de él. En el jardín, Susana le da un beso a Hélice y le explica que volverá y se lo contará todo. El perro mueve la cola un poquito. Tiene cara de preocupación, de no saber si aún es un juego.

Susana levanta el vuelo. Ella lo que quiere es ver animales que sepan hacer algo más que menear la cola. Por eso se va al fin del mundo.

Sobrevuela la casita de Hélice, el patio de la escuela y la plaza del mercado, pero va con el corazón en un puño y el estómago encogido como en un día de examen. Saluda con la mano para decir adiós, pero nadie la ve, nadie le responde. No importa. Es bonita la ciudad vista desde arriba, está llena de hormiguitas.

Una noche, hace tiempo, Susana soñó que era una gaviota, y ahora es una gaviota. Se deja llevar por una corriente de aire que la empuja hasta una pequeña isla griega con un pueblo blanco, unas terrazas, y un montón de perros y gatos durmiendo al sol. Susana sólo conoce a Fucho, el gato tiñoso del carnicero, que bufa y se eriza en cuanto ve a Hélice. Tendrá que decírselo: hay una isla donde los gatos quieren a los perros.

Esta Tierra es un mosaico. Campos verdes y lagos azules, islas doradas, ríos grises, desiertos de arena amarilla. Y allí, ante Susana, hay una gran alfombra de flores rojas. No son amapolas, ni dalias, ni tulipanes ordinarios sino unas flores rojas desconocidas que ella quiere ver más de cerca. Unas extrañas flores que se asustan con el avión y se van volando con un zumbido de alas. A veces, en los jardines, las flores son mariquitas dormidas.

Desde muy lejos, Susana oye un revuelo de gallinero. Allí donde se juntan tres océanos, sobrevuela el Polo Sur, el país más frío del mundo. Y así es: el Sur es más frío que el Norte. Es un desierto helado, donde no hay nadie. Excepto unos miles de pingüinos que se contonean en unos esmóquines demasiado ajustados. Pingüinos muy elegantes con sus ropas de diario. Hélice debería tomar ejemplo. Siempre va tan sucio como un cochino.

Susana sobrevuela una selva donde hay un montón de animales. Monos, papagayos, y troncos de árboles que flotan sobre un río fangoso. Dentro de la boca abierta de un tronco de árbol, una cría mira el paisaje. Por aquí, los troncos tienen cría y dientes. Una sola cría y muchos dientes. Si Hélice viese flotar troncos de árboles, seguro que se echaría al agua para atraparlos. Deberá advertirle que aquellos árboles que se llaman cocodrilos tienen dientes.

El mundo todavía duerme y nada se mueve. Susana vuela en la penumbra grisácea de la madrugada. De repente se levanta el sol y vuelve a pintar el paisaje de rosa: la nieve sobre el Kilimanjaro, la llanura inmensa y dos jirafas que hacen nudos con los cuellos. Si Hélice estuviera aquí, Susana le diría: «Es bonito, ¿verdad, Hélice?». Pero Hélice no está. Es una lástima, porque Susana no sabe qué hacer con esa belleza, la nieve, las jirafas y el sol.

Susana también ve un avestruz que se ha tragado un transistor con antena y todo, y seis hormigas que transportan una flor. Ve el animal más feo del mundo: el piojo-erizo foquero que vive encima de la foca. Ve una rana con ventosas que trepa por una palmera, un elefante que nada entre dos islas y un bebé canguro en el delantal de su mamá, y detrás, muy lejos, un arco iris, un viejo sputnik oxidado que continúa dando vueltas. Ahora sí que está muy cansada.

Susana ha dormido mal. Todavía no está muy despierta cuando cruza un pajarillo de veinte gramos que hace Moscú-Dakar sin pararse. Susana lo aplaude, pero se siente triste de repente. Lo que de verdad le apetece ver ahora es un perro que menea la cola. Entonces decide que se acabó. Basta de pingüinos contoneándose y jirafas anudándose. Vuelve a casa a toda velocidad, y cuando llega escribe con letras grandes en el cielo: «Hélice, soy yo».

Hélice sabe que es ella. Todas las mañanas la espera en el camino, la busca entre las nubes y regresa a su casita como un viejo perro achacoso. Ahora vuelve a ser Hélice, el perro que mata los calcetines, y sigue el rastro del queso. Sólo que la felicidad es algo complicado, y no sabe por dónde empezar. Entonces, sale disparado, se olvida de frenar, desentierra tres begonias, echa una bronca a una mosca y se para en seco, con la lengua babeante, la frente arrugada. Susana ha vuelto.